César Vidal Manzanares

Los manuscritos del mar Muerto

Alianza Editorial

Diseño de cubierta: Ángel Uriarte

Calle J. I. Luca de Tena, 15; 28027 Madrid; teléf. 741 66 00
ISBN: 84-206-4664-4
Depósito legal: M. 40.771-1994
Impreso en Impresos y Revistas, S. A.
Printed in Spain

I

¿Por qué son relevantes los manuscritos del mar Muerto

Desde su hallazgo a finales de la década de los cuarenta, las referencias a los manuscritos del mar Muerto constituyen una especie de ir y venir constante en los medios de comunicación. Durante este tiempo casi no ha pasado un año sin que se anunciaran sensacionales revelaciones conectadas con su presunto contenido o sin que se editaran magníficos ejemplos de literatura amarilla en los que se manifestaba la pretensión de contar toda la verdad que se nos está, supuestamente, ocultando. Ante conductas así es lógico que el hombre de la calle se pregunte si los mencionados manuscritos son realmente importantes o si, por el contrario, está siendo objeto de una sucesión de operaciones comerciales de las que es involuntario copartícipe y, finalmente, víctima. Con los pies en el suelo y los datos en la mano, ¿son tan relevantes los manuscritos del mar Muerto?

La respuesta resulta afirmativa y además es así por una serie de razones muy específicas. En primer lugar, habría que señalar que la importancia de los manuscritos va más allá de la trascendencia que, ya de por sí, se supone a otros restos arqueológicos como pueden ser los relacionados con el hallazgo de la tumba de Tut-Anj-Amón realizado por Howard Carter y Lord Carnavon o con los descubrimientos relativos a los mayas de Copán. Lejos de quedar circunscrito su interés a los especialistas de ciertas disciplinas o a los aficionados a las mismas, los rollos del mar Muerto trascienden ese radio de acción y, en buena medida, alcanzan al ser humano de a pie. Esto es así porque los citados documentos llevan insertos en si mismos otros aportes de importancia especial y pocas veces comparable. Acotando al máximo el alcance de esta afirmación, podría decirse que Qumrán reviste un interés especial por tres aspectos muy concretos.

En primer lugar, el estudio de los manuscritos del mar Muerto nos proporciona la posibilidad de analizar la transmisión del texto bíblico. No es extraño que personas interesadas por el mundo de la Biblia se pregunten por la fiabilidad del texto que sostienen en las manos ni tampoco es inhabitual que polemistas antisemitas o anticristianos insistan en el carácter alterado de los documentos que componen las Escrituras de ambas fes. Puede decirse sin temor a exagerar que los hallazgos de Qumrán han significado un golpe mortal para este tipo de especulaciones. Pese a que los documentos encontrados anteceden en multitud de siglos al Antiguo Testamento hebreo-arameo del que disponíamos, lo cierto, sin embargo, es que el contenido es semejante. Lejos, pues, de ser un semillero de revelaciones que llevarían a tambalearse a las grandes religiones universales de corte monoteista, en realidad la biblioteca de Qumrán es un palpable testimonio de que las Escrituras del Antiguo Testamento se han transmitido con una fidelidad extraordinaria a lo largo de los siglos.

No cabe duda de que ya por semejante circunstancia los restos de Qumrán tienen una importancia trascendental, pero su relevancia va mucho más allá. En segundo lugar, la literatura de Qumrán tiene una repercusión evidente en la imagen que ha existido hasta hace relativamente poco tiempo en relación con el judaísmo del Segundo Templo y el cristianismo primitivo. Para muchas personas, quizá ambos temas carezcan de interés, pero lo cierto es que, prescindiendo de la postura que se tenga al respecto, los dos siguen teniendo una importancia considerable para decenas de millones de personas y precisamente esa circunstancia, proporciona un interés muy específico a los rollos del mar Muerto.

Para empezar, podemos afirmar sin temor a equivocarnos que el judaísmo del periodo conocido como del Segundo Templo distó mucho de ser un bloque monolítico. Ciertamente contaba con bases comunes —especialmente las referidas al monoteismo y a la Torah o Ley de Moisés —pero, a la vez, registraba una fecunda riqueza de interpretaciones de la Biblia. Según se desprende de los documentos del mar Muerto, ya eran muy comunes las referencias a cuestiones que a muchos les parecerán (erróneamente) cristianas. Me refiero a la visión de un mesías que había de morir o que con su muerte expiaría los pecados; me refiero a la noción de un Nuevo Pacto entre Dios e Israel; me refiero a la mención ferviente del Espíritu Santo. Arrancando de la lectura directa del Antiguo Testamento, los sectarios de Qumrán habían comenzado una fecunda tarea de reflexión ideológica sobre estos aspectos anterior en cerca de dos siglos al nacimiento de Jesús. Conocer ese caldo de cultivo merece —poca discusión puede haber al respecto— realmente la pena.

Finalmente, y en tercer lugar, Qumrán reviste una especial importancia porque resitua al cristianismo original en su justo contexto. Por razones históricas, ha existido un cierto interés en afirmar la absoluta originalidad del cristianismo como si hubiera, prácticamente, surgido de cero. Las causas de tan equivocada pretensión han sido históricamente varias. Para algunos integristas cristianos se trataba de «limpiarlo» de cualquier conexión con la fe judía. Para los polemistas judíos significaba un intento de privar a la predicación de Jesús de legitimidad histórica y teológica de cara a la nación de Israel. Para los enamorados del mundo clásico era una oportunidad de deslindar el supuestamente zafio judaísmo del presuntamente superior helenismo, helenismo en el que se insertaría la predicación de Jesús y sus primeros discípulos. Para antisemitas y ocultistas (no pocas veces ambas categorías se superponen) de todos los tiempos era la vía para seccionar al cristianismo de sus raíces y para imponer interpretaciones del mismo propias y, sin lugar a dudas, disparatadas. Todas esas visiones interesadas han carecido siempre de base pero quiebran de una manera definitiva con los hallazgos de Qumrán. Ahora podemos afirmar más que nunca que Jesús fue un judío que vivió, actuó y enseñó como tal y que lo mismo puede decirse de sus primeros discípulos, incluido Pablo. La diferencia fundamental entre su enseñanza y el judaísmo de su época no fue fundamentalmente ideológica —amplios sectores del judaísmo, por ejemplo, creían entonces en un mesías que moriría de manera expiatoria por los pecados del pueblo — sino personal. Donde el resto de los judíos esperaba, Jesús el judío y sus seguidores judíos afirmaban: «ya ha llegado».

Poca duda puede haber de que estos tres aspectos mencionados van más allá de lo que, comúnmente, se deriva de ningun hallazgo arqueológico. Precisamente por ello, constituyen un eje de interés específico que se extiende más allá de las diversas disciplinas científicas y poseen una relevancia que trasciende de lo meramente histórico para adentrarse en algunos de los terrenos más íntimos y esenciales de la vivencia humana. Así pues, los manuscritos del mar Muerto son importantes, aunque no porque en ellos se escondan revelaciones de supuestos extraterrestres, antepasados de los Templarios o rosacruces, o enseñanzas ocultistas al estilo de la Teosofía (esas y otras afirmaciones no pasan de ser burdos disparates) sino, entre otras cosas, porque nos muestran la fidelidad de la transmisión del texto bíblico y también porque nos permiten conocer mejor el judaísmo del Segundo Templo y a través de esa luz podemos captar más cabalmente las raices del judaísmo posterior y del cristianismo primitivo. Nunca se insistirá bastante en ello: sin conocer el judaísmo del Segundo Templo es imposible captar lo que fue el cristianismo primitivo, pero para comprender aquel judaísmo es imprescindible entender Qumrán. Eso es lo que vamos a intentar, siquiera a breve vuelo de pájaro, en las páginas siguientes. Antes, sin embargo, de adentrarnos en la identificación de la secta de Qumrán, en la trayectoria del fundador de la secta y en la lectura de algunos pasajes de los manuscritos, debemos recalar a una distancia menor del momento actual. Detengámonos siquiera por unos instantes, en las circunstancias que rodearon el hallazgo de tan grandiosa biblioteca y en la aventura de su publicación.

II

El hallazgo

Los grandes descubrimientos arqueológicos han venido no pocas veces más de la mano del azar que de un proyecto madurado por la voluntad del hombre. Por audaz que pueda parecer una afirmación así lo cierto es que nuestro siglo ha sido testigo de dos ejemplos harto significativos de la veracidad de la misma. Uno de ellos fue el hallazgo de la biblioteca de Nag Hammadi,entre cuyas obras se hallaban una serie de evangelios extracanónicos como el de Tomás o el de Felipe, así, como un conjunto de escritos relacionados con el gnosticismo. El otro fue la aparición de los documentos del mar Muerto. En los dos casos, tanto por la cantidad como por el contenido, nos hallamos ante dos descubrimientos de relieve trascendenal. De hecho, cabe decir que tras la aparición y publicación de ambos, ni la historia del cristianismo ni la del judaísmo del Segundo Templo pueden ser escritas como hasta ahora.

El descubrimiento de la cueva 1

En las dos ocasiones mencionadas, los descubridores de ambos conjuntos de documentos resultaron ser personajes desconocidos hasta entonces. Nada los relacionaba ni por su formación ni por su labor habitual con el mundo académico. Tampoco era su intención servir al curso de la investigación histórica o, siquiera, al menos inicialmente, encontrar algo que pudiera proporcionarles un mínimo lucro.

En el caso de los documentos del mar Muerto, aunque los relatos transmitidos discrepan en pequeños detalles, conocemos sustancialmente como se desarrolló la secuencia de los descubrimientos iniciales. De acuerdo con una de las versiones conocidas, a finales de 1946, tres pastores pertenecientes a la tribu beduina Tàamireh, llamados Jalil Musa, Jum'a Mohamed y Mohamed ed Dhib descubrieron, de manera fortuita, una serie de manuscritos ocultos en la cueva de Qumrán a la que, posteriormente, se denominó número 1. Otro de los relatos circunscribe el mérito del descubrimiento sólo al último de los individuos mencionados. En cualquier caso, lo que sí parece obvio es que, en el curso de un par de visitas, los beduinos se apoderaron de siete rollos y un par de jarras en las que se ocultaban manuscritos.

Para la primavera del año siguiente, los hallazgos estaban en poder de dos anticuarios árabes, Jalil Iskandar Shalim y Faidi Salahi. Por medio suyo, cuatro de los rollos fueron comprados por el archimandrita del convento de san Marcos en Jerusalén. El profesor Sukenik, de la Universidad Hebrea de Jerusalén, adquiriría para la institución a la que pertenecía los tres manuscritos restantes. Siete años más tarde, esta misma entidad docente conseguiría hacerse con la totalidad de los documentos, comprando los que se hallaban en poder del archimandrita. Si tal transacción no se realizó antes fue debido al elevado coste de la misma.

Las excavaciones

Como era de esperar, las primeras noticias publicadas sobre los hallazgos provocaron la lógica respuesta arqueológica. Identificada la cueva 1, se iniciaron las excavaciones bajo la dirección del P. R. de Vaux, director de la Escuela Bíblica y Arqueológica Francesa de Jerusalén, y de G. L. Harding, director del Departamento de Antigüedades de Jordania. La cueva había vuelto a ser visitada por los beduinos que olfateaban negocio en aquellos documentos, pero pese a su labor depredadora, pudieron encontrarse unos seiscientos fragmentos procedentes de una setentena de manuscritos, así como los restos de cincuenta jarras y otros materiales. El material llevado por los beduinos no se había extraviado sino que obraba en manos de Jalil Iskandar Shalim, el anticuario al que nos referimos antes.

Las excavaciones prosiguieron entre 1951 y 1965, llegándose a realizar cinco campañas en las ruinas de Qumrán bajo la dirección de De Vaux y de Harding. Pronto se llegó a la conclusión de que un colectivo —al que se denominó «comunidad de Qumrán»— había ocupado durante un par de siglos el enclave, constituido por las ruinas de una fortaleza construida en los siglos VII o VI a. de C. y abandonada durante siglos. La labor arqueológica permitió distinguir tres fases de ocupación de Qumrán. La primera debería fecharse poco antes del reinado de Juan Hircano o durante el mismo (135/4-104 a. de C.), aunque De Vaux prefirió datarla en torno al 161-143/2 a. de C.). Durante el reinado de Alejandro Janeo (103-76 a. de C.) las instalaciones se ampliaron, adquiriendo su estructura definitiva. En esta fase —que llega hasta el reinado de Herodes el Grande (37-4 a. de C.)— se produjo un terremoto, un incendio o ambos desastres a la vez. Asimismo, tuvo lugar un abandono del lugar por parte de los miembros de la secta. Durante el reinado de Arquelao (4 a. de C. - 6 d. de C.) el enclave volvió a ser ocupado hasta *c.* 68 d. de C. en que los romanos destruyeron el lugar y la comunidad que lo ocupaba desapareció.

En paralelo a las excavaciones, De Vaux y Harding se dedicaron a explorar las cuevas del área de Qumrán con resultados importantes. Como era de suponer, no estaban solos en esa tarea. Al año siguiente de comenzar las tareas arqueológicas, y mientras los arqueólogos descubrían las cuevas 3 y 5, los beduinos hacían lo mismo con la 2 y la 4. En 1956, los beduinos hallaron la cueva 6 y los arquéologos las cuevas 7, 8, 9 y 10.

La cueva 4

Como hemos indicado, el descubrimiento de la cueva 4 tuvo lugar en 1952, y no deja de ser curiosa la circunstancia de que los beduinos dieran con la misma antes que el equipo arqueológico. Pese al saqueo previo realizado por los miembros de la tribu, se logró salvar un millar de fragmentos, procedentes de un centenar de manuscritos, gracias a que los beduinos habían pasado por alto una pequeña habitación subterránea en que se encontraban aquellos. Obviamente, era esencial hacerse con los manuscritos en poder de los beduinos y fruto de ese intento se inició una batalla que duraría hasta 1958.

Para dar una idea de la importancia de lo escondido en esta cueva, puede señalarse que el volumen de este hallazgo se calcula en unos quince mil fragmentos procedentes de quinientos cincuenta manuscritos distintos. Un centenar de los mismos son reproducciones de los libros de la Biblia hebrea (el Antiguo Testamento sin deuterocanónicos o apócrifos) salvo el libro de Esther.

La cueva 11

Corría el año 1956, cuando los beduinos, en estrecha competición con el equipo arqueológico, obtuvieron otro triunfo al dar, cerca de la cueva 3, con los manuscritos de la cueva 11. A esas alturas, los descubridores eran más que conscientes del valor de estos manuscritos, lo que tuvo como consecuencia que las negociaciones encaminadas a conseguir los mismos resultaran muy prolongadas y que hasta 1961 no se pudiera conocer su contenido.

Las autoridades científicas se estaban viendo abocadas por lo tanto a una lucha en dos frentes. Por un lado, el propio de sus tareas como especialistas; por otro, el de intentar recuperar aquello de lo que se había apoderado gente, poco consciente de la relevancia de los documentos, pero que sospechaba sus posibilidades monetarias. Todavía en 1967 quedaba en poder de Jalil Ikkandar Shalim, alias Kando, un manuscrito de enorme importancia. La cantidad pedida por el anticuario era astronómica y existía la sensación de que no podría ser adquirido. Estalló entonces la Guerra de los Seis Días y, al día siguiente de concluir la ocupación israelí de la zona árabe de Jerusalén, el gobierno de Israel se incautó del documento que obraba en poder de Kando. Se iniciaría así un proceso judicial que duraría dos años y que concluiría en 1969 con una sentencia en virtud de la cual el Estado de Israel conservaba el manuscrito a cambio de entregar a Kando una indemnización superior a los cien mil dólares. El proceso de adquisición estaba concluido.

III

La publicación

La década de los cincuenta

Los descubrimientos arqueológicos prácticamente carecen de valor científico si no van seguidos por una publicación y posterior evaluación de lo hallado. En el caso de restos escritos, la importancia de este paso resulta aún mayor. Contra lo que se ha venido afirmando en literatura especialmente sensacionalista, más atenta a las cifras de venta que a la información fidedigna, lo cierto es que la publicación de los diferentes materiales de Qumrán se inició ya en una fecha cercana a la de los primeros descubrimientos. En 1948, diversos artículos de BASOR, así como una obra de L. Sukenik dieron inicio a un proceso de divulgación de los hallazgos, marcado por un acercamiento rigurosamente científico a los mismos. Dos años después aparecía ya la edición oficial de las obras conocidas como $1QIs^{a}$ y de 1QpHab, gracias al patrocinio de la ASOR. En 1951, fue publicado 1QS; y un lustro más tarde sucedió lo mismo con los tres manuscritos en manos de la Universidad Hebrea (1QIsb, 1QH y 1QM). En 1956, bajo el título de Génesis Apócrifo (1Qap Gen), salían de la imprenta los elementos mejor conservados del Rollo de Lamec.

También en esta década serían publicados materiales procedentes de la excavación arqueológica realizada en la cueva 1, así como algunos de los fragmentos que, encontrados por los beduinos en la misma, obraban ahora en manos del equipo arqueológico (1Q8, 1Q19 bis, 1Q28, 1Q34bis, 1Q70bis, 1Q71, 1Q72).

La década de los sesenta

El proceso de publicación no se vio interrumpido durante la década siguiente. De hecho, a inicios de la misma, tendría lugar un nuevo hito en el proceso al que nos estamos refieriendo al publicarse todos los materiales de las cuevas 7-10. Asimismo, vieron la luz los primeros manuscritos pertenecientes a la cueva 4. Como ya tuvimos oportunidad de señalar en el capítulo anterior, el material hallado en esta gruta fue muy numeroso. Precisamente por ello, se optó por encomendar las tareas relacionadas con el mismo a un equipo internacional e interconfesional de especialistas, reunido en Jerusalén bajo la dirección de R. de Vaux.

Es de admirar la rapidez con que este grupo de eruditos —muy limitado numéricamente si tenemos en cuenta la magnitud de la labor— consiguió ordenar los materiales, describir su contenido, preparar la transcripción de los fragmentos y elaborar una concordancia de las palabras contenidas en ellos.

En 1969, se publicó el material que le había correspondido a J. M. Allegro, si bien la labor realizada por este especialista pecó, quizá, de excesivo apresuramiento y de ahí que, prácticamente, hoy se considere que carece de valor a menos que sea utilizada junto a las más de cien páginas de correcciones propuestas por J. Strugnell al año siguiente.

En este mismo decenio se puso al alcance del público el rollo de los Salmos y el de Ezequiel, procedentes ambos de la cueva 11.

La década de los setenta

Pero si las dos décadas anteriores habían estado caracterizadas por una intensa actividad editora, los años setenta apenas vieron la aparición de nuevo material publicado, salvo excepciones como el targum de Job o el rollo del Templo. Esta circunstancia, unida al hecho de que aún no estuviera concluido el proceso de publicación de los materiales hallados en la cueva 4, llevó a algunos especialistas a protestar por lo que consideraban un retraso imperdonable. Así, en 1977, el profesor de Oxford, Geza Vermes, afirmó que semejante episodio constituía el «escándalo académico del s. XX».

Declaraciones de ese tipo sumadas a otras —que ya tenían décadas— en el sentido de que los manuscritos del mar Muerto revelaban la existencia de un cristianismo heterodoxo o el caldo de cultivo espiritual del que había surgido Jesús, provocarían, entre otros resultados, la aparición de una literatura, de ínfima o nula calidad científica, destinada a revelar los supuestos «secretos» de Qumrán, que «altas autoridades» estaban interesadas en ocultar.

De la década de los ochenta hasta el día de hoy

Tal situación iba a experimentar un avance decisivo durante los años ochenta. Por un lado, se produjo la publicación de material inédito como el asignado a M. Baillet procedente de la cueva 4, el Levítico escrito en caracteres paleo-hebreos de la cueva 11, o los textos arameos. Por otro, se inició un movimiento de opinión tendente a ampliar el número de especialistas que tuvieran acceso a los manuscritos y a concluir con la publicación de los mismos. Papel preponderante en este último aspecto lo desempeñó una campaña de prensa iniciada en 1985 por Hershel Shanks, director de la *Biblical Archaeological Review,* en 1985.

Tres años después, las autoridades israelíes nombraban como jefe del Departamento de Antigüedades de Israel a Amir Drori. Este, que había sido general en el pasado, no tardó en imponer un ritmo de trabajo al conjunto de eruditos que se ocupaban de los rollos del mar Muerto que a algunos les ha hecho pensar en sus antecedentes militares. Bajo sus órdenes, el equipo de expertos fue aumentado a cincuenta, el profesor Emanuel Tov, de la Universidad Hebrea de Jerusalén, fue nombrado editor-jefe del proyecto y se fijó una fecha para el estudio y publicación de los materiales restantes, pasada la cual, el especialista que no hubiera realizado su tarea se vería privado de la posibilidad de seguir participando el proyecto.

La norma se ha venido cumpliendo hasta la fecha con meticulosidad. En 1992, J. T. Milik —en cuyo poder obraban más de cien documentos— aceptó el requerimiento de Tov para que el material que tenía entre manos fuera asignado a otros estudiosos. En poco tiempo, un conjunto de obras relacionadas de manera casi exclusiva con un grupo reducido de especialistas pasaba, pues a convertirse en patrimonio común de investigación y se cimentaba la razonable expectativa de que todo el material hubiera quedado publicado para finales de 1993.

Con esta última fase de publicación puede decirse que concluye una controversia y se fija un hito en el estudio de la historia del Antiguo Oriente.

IV

La identificación de la secta del mar Muerto

El conjunto de hallazgos realizados en las cercanías de Qumrán dejó pronto de manifiesto que nos encontrábamos ante una biblioteca de contenido teológico perteneciente a un colectivo judío cuya identificación no resultaba evidente a primera vista. Para poder establecer a qué grupo estaban adscritos los sectarios del mar Muerto fue necesario ir esperando pacientemente la publicación de los materiales y, con posterioridad, proceder a un análisis en profundidad de los mismos. En las siguientes páginas vamos a hacer, en primer lugar, un análisis somero de las diversas teorías articuladas en relación con la identidad de la secta del mar Muerto, y, finalmente, formularemos la solución que, a nuestro juicio y al de la mayoría de los estudiosos, encaja mejor con los datos que nos proporcionan las fuentes.

1. *La tesis judeo-cristiana*

A los pocos años de producirse los primeros descubrimientos relacionados con los rollos del mar Muerto, J. L.

Teicher abogó por la identificación de la secta del mar Muerto con el judeo-cristianismo primitivo. En un sentido similar se definió G. Margoliouth. No obstante, las conclusiones defendidas por cada uno de estos autores distaban mucho de identificarse. Para el primero, el Maestro de Justicia sería Jesús y el Sacerdote Impío debería identificarse con Pablo de Tarso. En favor de esta tesis abogaba el hecho de que, ciertamente, en algunos grupos judeo-cristianos de corte heterodoxo, como es el caso de los ebionitas, existía una clara animosidad contra el apóstol de los gentiles. De acuerdo a los mismos, Jesús habría representado el cristianismo en su estado más puro y Pablo, la corrupción del mismo.

El principal problema —aunque no el único— que presentaba esta tesis deriva de la clara dificultad existente a la hora de encajar los datos que tenemos sobre el Maestro de Justicia y el Sacerdote Impío con los relativos a Jesús y a Pablo. De hecho, este último ni persiguió a Jesús hasta Qumrán, ni despojó a la comunidad de sus bienes en un día de Yom Kippur, etc. A esto se unirían otros inconvenientes para aceptar esta tesis, a los que haremos referencia más adelante.

Para el segundo de los autores mencionados, el Mesías de Aarón y de Israel al que hacen referencia los manuscritos del mar Muerto debía ser identificado con Juan el Bautista, mientras que Jesús sería el Maestro de Justicia. Como en el caso anterior, hay que señalar que los datos contenidos en las fuentes hacen imposible tal identificación. Así, por citar algun ejemplo, el Maestro de Justicia murió en Qumrán; sin embargo, Jesús fue crucificado en Jerusalén, etc.

Una variante de esta postura es la representada por la «tesis mixta» de B. E. Thiering, que pretendía demostrar el paso de los sectarios por diversas fases teológicas. De acuerdo con esta profesora, inicialmente, la secta habría sido esenia para luego convertirse en zelote, judeo-cristiana y, finalmente, zelote. El Maestro de Justicia sería Juan el Bautista y el Sacerdote Impío, Jesús de Nazaret. De esta manera, los escritos del Mar Muerto vendrían a mostrar otra visión de las relaciones entre Juan y Jesús diferentes a las contenidas en el Nuevo Testamento. El cisma en la secta vendría a ser la división de la misma al seguir la mayoría de sus miembros a Jesús. Una vez más, las objeciones formuladas en relación con los autores ya mencionados son válidas respecto a la obra de B. E. Thiering.

En los últimos años, la tesis del origen judeo-cristiano del colectivo de Qumrán —que es rechazada de manera unánime por la opinión científica independientemente de su adscripción ideológica— ha sido reflotada por R. Eisenman y popularizada por M. Baigent y R. Leigh en un tono que, en el último caso, recuerda más la prensa amarilla que la investigación científica. De acuerdo con R. Eisenman, los sectarios de Qumrán fueron los judeo-cristianos capitaneados por Santiago, el hermano de Jesús. Estos mantenían, supuestamente, una ideología que, aún reconociendo a Jesús como el mesías, debe ser identificada con la de los zelotes. La oposición a los mismos vendría de Pablo de Tarso, más partidario de colaborar con los romanos.

La tesis de la identificación judeo-cristiana, en sus diversas manifestaciones, ya quedó refutada hace años por A. Dupont-Sommer, pues no deja de ser claro, a la luz de los documentos, que el Maestro de Justicia no puede identificarse con Jesús y que Pablo difícilmente puede ser el Sacerdote Impío puesto que no pertenecía a la casta sacerdotal sino a la tribu de Benjamín. Debe añadirse a esto —como ya hemos indicado— que los retratos históricos que de los diversos personajes nos muestran las fuentes, en absoluto, permiten considerar que se trate de los mismos.

A todo lo anterior hay que sumar dos argumentos que desestiman de una manera decisiva la mencionada posibilidad. El primero es el análisis paleográfico. El segundo, la datación mediante el carbono 14. El método paleográfico ha dejado establecido que todos los manuscritos fueron copiados en un arco temporal que va del s. III a. de C. al último cuarto del s. I. Precisamente por ello, mal pueden referirse al cristianismo primitivo, ya que éste se encontraba, cronológicamente, en algunos casos, hasta a unos trescientos años de distancia en el futuro. No es de extrañar, por lo tanto, que los sustentadores de la tesis judeo-cristiana hayan ocupado buena parte de sus estudios en tratar de invalidar los análisis paleográficos. Las evidencias, sin embargo, resultan irrefutables.

A las mismas conclusiones que el método paleográfico nos ha permitido llegar el análisis con C-14. El descubrimiento en 1987 de una nueva técnica, en virtud de la cual la cantidad de material que hay que destruir para proceder a una datación concreta se reduce a 0.5-1.0 miligramos de carbón, permitió proceder a una nueva evaluación cronométrica de los manuscritos. En 1990, se aplicó este método a ocho manuscritos de Qumrán, obteniendo unos resultados similares a los derivados del análisis paleográfico. Todos estos elementos conjugados excluyen de raíz las teorías que atribuyen un origen zelote o judeocristiano a la secta del mar Muerto.

2. *La tesis karaíta*

Formulada en 1949, al poco de descubrirse los manuscritos, y defendida inicialmente por S. Zeitlin, esta teoría apuntaba a un origen medieval y karaíta de los escritos de Qunram. Partiendo de esta base, el Documento de Damasco sería un «fraude pío» destinado a demostrar el origen antiguo de los karaítas. Con el tiempo ha ido ganando terreno la posibilidad de una relación teológica entre los sectarios de Qunram y los caraítas pero la idea de un origen medieval de los escritos de Qumran se viene abajo cuando tenemos en cuenta los resultados del análisis paleográfico y de la aplicación del C-14 a los mismos.

3. *La tesis saducea*

La identificación de los sectarios de Qumrán con los saduceos ha sido sostenida por R. North y A. M. Habermann. Aunque las diferencias entre lo que conocemos de los saduceos y los sectarios del Mar Muerto en una fase desarrollada son evidentes y no permiten identificar a los dos grupos, no puede descartarse «a priori», como se ha hecho frecuentemente, toda relación entre ambos colectivos. El carácter sacerdotal, fuertemente conservador, y su asociación con el clero sadoquita son factores difícilmente explicables si no se acepta la idea de puntos de contacto que van más allá de lo superficial. Posiblemente, lo erróneo en los autores citados haya sido el tratar de insistir en una identidad de los dos grupos en lugar de rastrear más a la búsqueda de un posible origen común.

4. *La tesis zelota*

De mayor predicamento aunque de menos base, desde nuestro punto de vista, ha gozado la teoría que identificaba a la secta de Qumrán con los zelotes o zelotas. Ya antes de los descubrimientos de Qumrán, el P. Lagrange se había mostrado partidario de identificar a los sectarios del Documento de Damasco con los zelotes.

Tras producirse los hallazgos de Qumrán, y partiendo de argumentos muy similares, C. Roth y G.R. Driver se pronunciaron por identificar a la secta del Mar Muerto con los zelotes. Para el primero, el Maestro de Justicia fue Menahem ben Judá, uno de los caudillos zelotes de la guerra contra Roma (66-73 d. de C.). Su muerte habría que situarla en el año 66 d. de C. cuando, como consecuencia de un enfrentamiento con el «Sacerdote Impío» —al que se identificaba con Eleazar ben Hananía, capitán de los guardias del Templo— sus seguidores fueron dispersados y el propio Menahem ben Judá fue ejecutado sumariamente en la colina del Ofel.

G. R. Driver articuló una tesis zelote mucho más elaborada que la de Roth y, aunque hoy sabemos que resulta insostenible en bloque, no puede negarse que aparentaba contener algunos elementos más de verosimilitud. También para Driver, el trasfondo histórico de los rollos se encontraba en la Guerra contra Roma (66-73 d. de C.). Los sectarios de Qumrán procederían del cisma sadoquita que, por otro lado, también habría dado nacimiento a los saduceos. El grupo desgajado con ocasión del cisma sadoquita habría huido a Egipto hacia el 170 a. de C. con Onías IV, regresando posteriormente a Jerusalén y aceptando la jefatura del sacerdote Boecio, tras la intervención pompeyana. Con posterioridad, el liderazgo de Boecio se habría visto cuestionado y sus seguidores se habrían colocado bajo el mando de Judas el galileo, uno de los presuntos fundadores de los zelotes. Tras la muerte de Judas el 6 d. de C., estos zelotes se habrían trasladado a Qumrán. En cuanto a la identificación del Maestro de Justicia y del Sacerdote Impío, Driver optaba por una solución similar a la de Roth.

Ya hemos señalado que la teoría de Driver está mucho mejor articulada que la de Roth. No obstante, su desprecio por los datos arqueológicos, que indican una ocupación continua de Qumrán desde el siglo II a. de C. hasta el 68 d. de C., la convierten en igualmente insostenible. Así lo supo señalar De Vaux, a nuestro juicio, de manera irrefutable. Por otro lado, como ya hemos visto, los análisis paleográfico y de C-14 obligan a descartar la más mínima posibilidad de que se corresponda con la verdad histórica.

5. *La tesis farisea*

Al igual que sucedió con la tesis zelote, la atribución de una identidad farisea al Documento de Damasco ya había sido formulada antes de los descubrimientos del mar Muerto. Con posterioridad a éstos, se han producido varios intentos encaminados a demostrar una identidad entre los sectarios del Mar Muerto y los fariseos. Tanto A. Dupont-Sommer como R. de Vaux refutaron en su día tal posibilidad con argumentos que, desde nuestro punto de vista, continuan siendo definitivos. Entre ellos cabe destacar el hecho de que los fariseos constituían una secta fundamentalmente laica mientras que la del Mar Muerto era sacerdotal, que el calendario de los fariseos era lunar mientras que el de los sectarios de Qunram era solar, etc.

6. *La tesis esenia*

La teoría que identifica a los sectarios de Qumrán con los esenios o con una escisión de éstos es la sostenida mayoritariamente por la comunidad científica internacional. El primero en señalar tal posibilidad fue E. L. Sukenik pero el mérito de su difusión se debe principalmente a Dupont-Sommer. En términos generales, los esenios son el grupo que resulta más fácil de identificar con los sectarios de Qumrán. Por otro lado, las diferencias entre los datos contenidos en los manuscritos del mar Muerto y los transmitidos sobre los esenios por Flavio Josefo pueden achacarse a un desconocimiento por parte de éste último de toda la evolución doctrinal de la secta.

En 1987, se formuló en público por primera vez la denominada «Hipótesis de Groninga», que permite conciliar las similitudes entre los esenios y la secta de Qumrán con las diferencias existentes entre ambos. De acuerdo con esta hipótesis, el colectivo de Qumrán se habría originado a partir de una escisión que tuvo lugar en el seno de los esenios. Estos nacen dentro de una tradición apocalíptica que está pujante en Palestina a finales del s. III y durante el s. II a. de C. Por el contrario, la comunidad de Qumrán aparecería en virtud de un desgarramiento de los esenios acaecido en la segunda mitad del s. II a. de C. y habría sido capitaneada por el Maestro de Justicia.

Con ligeras variaciones en cuanto a la fecha y lugar de aparición del grupo esenio, hemos sustentado con anterioridad una tesis similar en cuanto a la identificación de los sectarios de Qumrán con una escisión de los esenios. A nuestro juicio, hoy por hoy, esta visión constituye la respuesta más coherente a la hora de conciliar las coincidencias y divergencias entre los esenios y los sectarios de

Qumrán, así como en relación con el origen del movimiento.

Por otro lado, y aparte de las similitudes en cuanto a organización y pensamiento se refiere, esta posibilidad encaja a la perfección con los datos suministrados por el análisis paleográfico y la datación realizada en 1990 con una nueva técnica de C-14. Además, armonizan con las noticias en relación con el surgimiento de la secta que aparecen en los propios manuscritos de Qumrán. Así, en el Documento de Damasco (CD), se establece claramente como fecha del nacimiento de la secta 390 años después de que el reino de Judá fuera destruido por Nabucodonosor (CD 1, 6 ss). Veinte años después, habría aparecido el Maestro de Justicia (CD 1, 10 ss). Teniendo en cuenta que Jerusalén fue arrasada por Nabucodonosor en el 587 a. de C., el nacimiento del grupo tuvo que tener lugar en el siglo II a. de C., y no en la época de Jesús o en la que se originaron los zelotes. De la misma manera, el documento 4QMMT o Miqshat Ma"aseh Ha-Torah permite percibir un intento de acercamiento entre los sectarios de Qumrán y el clero de Jerusalén. Del mismo se deriva que la secta de Qumrán se identificaba con la halajah de los saduceos, en lo que al culto del Templo se refiere, más que con la de los fariseos. Al mismo tiempo, el contexto, de nuevo, nos remite a un periodo situado en el siglo II a. de C.

En conclusión podemos decir que los datos de que disponemos actualmente permiten zanjar de manera definitiva el problema de la identificación de los sectarios de Qumrán. El análisis paleográfico, la datación con C-14, los datos históricos de las fuentes y las noticias relacionadas con la vida y creencias de los sectarios obligan a descartar de manera definitiva las teorías que identifican a la secta con karaítas, fariseos, zelotes o judeo-cristianos. Tampoco fueron saduceos los sectarios de Qumrán aunque, ciertamente, parecen haber tenido puntos de conexión con la halajah saducea.

El colectivo de Qumrán sólo puede ser identificado con los esenios, o mejor, con una escisión acontecida en el seno de los mismos. Con el paso del tiempo y debido especialmente a la poderosa personalidad del Maestro de Justicia, este grupo iría radicalizando progresivamente sus puntos de vista hasta convertirse en un colectivo original y específico.

El nacimiento del grupo debe fijarse, sin lugar a dudas, en la segunda mitad del siglo II a. de C, y precisamente por ello en ese marco cronológico es donde deben ser buscados e identificados los diferentes personajes a los que se hace referencia en los manuscritos del mar Muerto. Hechas estas salvedades ya podemos entrar en la persona del que fue su fundador, primero, y su inspirador, después.

V

El Maestro de Justicia

Si existe una figura en el conjunto de los Documentos del mar Muerto que haya despertado interés, se trata, sin lugar a duda posible, de la denominada «Maestro de Justicia» (MJ). Ciertamente, el personaje en concreto resulta de una importancia incomparable a la hora de intentar desentrañar el inicio de la secta de Qumrán, así como las motivaciones que cristalizaron en su formación. Aunque el movimiento del que procedía la secta de Qumrán se articuló un par de décadas antes de que el MJ pasara a formar parte del mismo, lo cierto es que su ingreso en aquel resultó tan trascendental que sus seguidores contemplarían los veinte años anteriores como una era de tinieblas, durante la que se había caminado a tientas. En otras palabras, la luz se había hecho cuando había aparecido el MJ.

1. *Lo que pretendió ser el Maestro de Justicia*

La tarea destinada a identificar históricamente la figura del Maestro de Justicia ha sido objeto de especulaciones diversas desde el mismo descubrimiento de los rollos del mar Muerto. Dado que, aparentemente, se habla de su muerte en los manuscritos y que él mismo nos es presentado como el fundador de un movimiento religioso surgido en el seno del judaísmo, la posibilidad de que se lo comparara con Jesús resultaba prácticamente ineludible. En algun caso, se llegó incluso a identificarlo con él mismo. Como tendremos ocasión de ver, tal tesis es pura y simplemente imposible aunque sólo sea porque el MJ vivió un siglo y medio aproximadamente antes de que naciera el Nazareno. Pese a todo, el MJ sigue siendo un personaje de enorme interés y dotado de una entidad histórica propia dentro del judaísmo del periodo del Segundo Templo. Aunque las referencias al mismo se reducen a los manuscritos del mar Muerto, el testimonio que emana de éstos resulta sumamente revelador. Así, el documento conocido como la Regla de la Comunidad procede, sin duda, de su inspiración principal y lo mismo podría decirse, al menos en parte, de los Hodayot o Himnos que, posiblemente, nos permiten acceder hasta la raíz de su subjetividad espiritual. Este conjunto de fuentes nos permite obtener un perfil del MJ en el que se delimitan características muy concretas y significativas.

El primer aspecto que resulta de especial importancia —y que impide por principio identificar al MJ con Jesús o con Santiago, el hermano de Jesús— es el hecho de su condición sacerdotal. El Pesher de los Salmos hallado en la cueva 4 de Qumrán señala de manera ineludible esta circunstancia al proceder a interpretar los versículos 23 y 24 del salmo 37. El texto dice de la siguiente manera:

«Pues por YHVH son asegurados [los pasos del hombre]. Se deleita en su camino. Aunque tropiece, no caerá, porque YHVH [sujeta su mano]. La interpretación se refiere al Sacerdote, el Maestro de [Justicia, al que] Dios eligió para estar [ante Si, porque] lo constituyó para edificar mediante él la congregación [de sus elegidos] y enderezó su camino en verdad.»

(4Q Pesher Salmos 3, 14-17)

El MJ no sólo era sacerdote, sino que además esta circustancia era interpretada como un elemento esencial en el desarrollo de su papel espiritual. Resulta altamente posible que perteneciera a la estirpe de Sadoc (o Zadok) a juzgar por el papel que la misma tenía en la secta del mar Muerto.

Precisamente su pertenencia a una línea sacerdotal específica permitió legitimar la pretensión del Maestro de Justicia de ser el garante de una tradición religiosa concreta. Hasta qué punto su propia interpretación de la misma fue fiel al pensamiento inicial de los esenios o resultó más bien innovadora es algo que resulta difícil de establecer con certeza. Sin embargo, a juzgar por datos como los proporcionados por el documento 4QMMT, resulta indiscutible que el MJ sostenía la pretensión de continuar una tradición interpretativa concreta referida a la Torah de Moisés. De hecho, la negativa de sus adversarios a aceptar esa tradición hermenéutica concreta había resultado un factor determinante a la hora de optar por retirarse a Qumrán.

A estas afirmaciones acerca de si mismo, el Maestro de Justicia unió otra más que tendría una especial importancia para sus seguidores y que además lo situaba aparte y por encima de sus contemporáneos. Me estoy refiriendo a la pretensión de ser poseedor de una revelación divina que, específicamente, se manifestaba en una capacidad especial para comprender las Escrituras. Esta cualidad, empero, no se consideraba como un mérito especial del MJ o una cualidad que se desprendiera de su esfuerzo personal, sino que era atribuida a una especial concesión de Dios. Las afirmaciones al respecto en los Documentos del mar Muerto resultan evidentes:

«...yo he sabido gracias al espíritu que has colocado en mi [...]»

(1 QH 5, 24-5)

«[Te doy] gracias, Señor, porque me has enseñado Tu verdad, me has hecho conocer Tus maravillosos secretos»

(1Q Hodayot b)

Si el MJ entendía de una manera especial lo contenido en la Bíblia, tal comprensión emanaba de la misericordia gratuita de Dios y no de sus merecimientos. Como señala el documento conocido como 1 QH 9, 21-3:

«Estas cosas las sé por Tu conocimiento,
porque abriste mis oídos a misterios maravillosos
aunque soy criatura de barro, modelada con agua,
fundamento de oprobio, manantial de impureza,
horno de impiedad, edificio de pecado,
espíritu de error, descarriado, sin conocimiento,
aterrorizado por tus juicios justos»

Esta especial conciencia del Amor de Dios y al mismo tiempo de su propia ausencia de merecimientos personales es otro de los ejes existenciales esenciales para comprender la persona y la obra del Maestro de Justicia. De hecho, si existe una nota característica que aparezca de manifiesto en los Hodayot atribuidos al mismo es la de conciencia de imperfección, de deficiencia y de pecado.

Para el MJ —como para muchas personas que lo precedieron o sucedieron— resultaba evidente que ningun ser humano podía pretender ser justo ante Dios por la sencilla razón de que todos eran pecadores y la comisión de los pecados los convertía automáticamente en seres injustos y dignos de recibir el justo castigo divino.

Cómo llegó a tal conclusión es algo que no podemos saber con total seguridad. Es posible que derivara tanto de su propia experiencia sacerdotal como de la lectura del Antiguo Testamento. La primera quizá le llevo a ver que los sacrificios expiatorios de animales ofrecidos por los pecados del pueblo no conseguían evitar que éste volviera a incidir en el pecado. Por otro lado, diversos pasajes del Antiguo Testamento parecen incidir en ese punto de vista de la pecaminosidad universal del ser humano. En el libro del profeta Isaías, cuyo rollo es uno de los hallazgos más valiosos dentro de los descubrimientos bíblicos de Qumrán, se afirma tajantemente:

> «En los pecados hemos perseverado por mucho tiempo, ¿podremos ser salvos? Lo cierto es que todos nosotros somos como inmundicia, y todas nuestras justicias como paño de menstruación. Todos nosotros caímos como la hoja y nuestras iniquidades nos arrastraron como el viento.»
>
> (Isaías 64, 5-6)

Partiendo de esta base no es extraño que en los documentos del mar Muerto se indique la futilidad de pretender ser justo ante Dios. Por el contrario, hay que encomendarse al Amor inmerecido de Dios para que El, graciosamente, borre ese pecado:

> «YHVH, no me juzgues de acuerdo a mi pecado, porque ningun viviente es justo ante Tu presencia»
>
> (11 Q 24, 7)

«No hay respuesta alguna para tu reprensión, pues Tu éres justo y nadie lo es ante Ti»
(1 Q Hodayot 20, 31)

Que esta vivencia debió estar cargada de angustia es algo que no se puede negar a la luz de preguntas como la contenida en 1QH 22, 10: «¿Quién podrá ser declarado inocente cuando Tu lo juzgues?»

Esa convicción de pecado está relacionada en el pensamiento del MJ con dos afirmaciones muy claras. La primera fue que la salvación humana no podía ser obtenida por medios propios sino que dependía sólo del favor de Dios.

Una vez más, los datos suministrados por los documentos del mar Muerto resultan de una claridad y un patetismo espiritual notables:

«El hombre es justificado sólo por Tu misericordia. Es purificado por la abundancia de Tus bondades»
(1QH 5, 23)

«¿Qué criatura de barro puede hacer maravillas?
Desde el seno materno se halla en pecado,
y hasta la vejez seguirá en culpable impiedad.
Porque yo sé que la justicia no le pertenece al hombre,
ni al hijo del hombre el camino recto...
Tú expías el pecado
y purifi[cas al hombre] de su culpa por Tu justicia.
No le es posible al hombre»
(1 QH 12, 29-30 y 37-8)

«No hay justicia,
para ser salvado [del pecado, salvo] por perdón»
(1 QH 15, 17-8)

«Nadie es declarado justo en tu juicio,
ni ino[cente] en tu proceso»
(1 QH 17, 14-5)

La segunda afirmación derivaba de manera casi obligada de una paradoja evidente que ha resultado el drama de muchos teólogos posteriores a Qumrán. Esta paradoja se podría expresar de la siguiente manera: si el hombre es tan perverso, si está de una manera tan absoluta determinado por el pecado, ¿qué hace que algunos respondan y otros no a la llamada de Dios?. El MJ creyó hallar la respuesta a este enigma en la doctrina de la predestinación divina:

«Yo soy polvo y ceniza,
¿Qué puedo planear, si Tú no lo quieres?
¿Qué puedo idear sin Tu permiso?
¿Cómo puedo ser fuerte si Tú no me sostienes?
¿Cómo puedo ser instruido, si Tú no me moldeas?
¿Qué puedo hablar si Tú no abres mi boca?
y ¿cómo contestar si Tú no me enseñas?»...
Sin Tu voluntad nada se hace
y nada se conoce sin que Tú lo desees»
(1 QH 18, 5-9)

Si un determinado individuo llegaba a ser justo, tal situación se debía no a sus méritos ni, en última instancia, a su propia decisión, sino a un decreto soberano del omnipotente Dios que había sido pronunciado incluso antes de que la persona naciera. Como señala 1Q 7, 20:

«Tú lo has determinado
antes incluso de crearlo.
¿Cómo podrá nadie evitar Tus designios?
Tú, sólo Tú, has creado al justo.

Desde que estaba en el vientre estableciste para él el tiempo de la gracia,
para que observe Tu pacto y marche por todos Tus caminos,
Para [derramar] sobre él la abundancia de Tus misericordias,
para abrir la angostura de su alma a la salvación eterna»
(1 QH 7, 20)

En cuanto al impío, su destino emanaba también de un decreto predestinatorio:

«A los impíos los has creado para el tiempo de la ira, desde que estaban en el vientre de su madre los has predestinado para el día de la ruina.»
(1 QH 7, 21)

Poco puede discutirse el hecho de que esta visión resulta cuando menos sobrecogedora y de que, para una mente occidental, resulta especialmente difícil de aceptar. Sin embargo, no es una «rara avis» en la historia del pensamiento. Personajes tan dispares pero que han disfrutado de tanta influencia en la historia humana como Calvino o Mahoma se encuentran entre los defensores de la misma. Ocasionalmente, fue la sensación de sentirse abrumados por la propia pecaminosidad —algo que encontramos en Agustín de Hipona o Lutero— lo que los llevó a esta conclusión. Pero en otros, se trató simplemente de una consecuencia de su visión de la soberanía divina.

La comprensión de esta autoconciencia nos permite entender en buena medida la mentalidad típica que hallamos en los documentos del mar Muerto. En medio de una Humanidad sumergida en el pecado, el MJ y sus seguidores se contemplaban como un resto salvado no por propios merecimientos sino por un decreto de predestinación de Dios. En el seno de ese grupo además se hallaba el único lugar donde era interpretada correctamente la Escritura, gracias a que sus secretos habían sido mostrados al MJ por el Espíritu divino.

Históricamente, las visiones predestinacionistas suelen revertir en sistemas diametralmente opuestos. En un caso, nos hallamos frente a aquellos que consideran que la elección divina no obliga en absoluto a guardar la obediencia a unos mínimos principios éticos. Si, efectivamente, la elección es gratuita, ¿qué sentido tiene someterse luego a un código ético que parece establecer un pago por la misma? Esta es la lógica del antinomianismo. En otros casos, sin embargo, las conclusiones son absolutamente distintas. Precisamente porque la elección es gratuita, los elegidos deberían mostrar su gratitud mediante la sumisión a una ética de corte no pocas veces estrictamente legalista. Esta última opción fue la tomada por el Maestro de Justicia que creó un sistema de ritos y conducta que giraba en torno al puntilloso cumplimiento de la Torah. Esta obediencia era difícil —como señala el Elogio de la Sabiduría (4Q 185), «Yo se el trabajo que cuesta hacer el bien» (2, 15)— pero sin ella no había posibilidad de salvación. A tal respecto señala el Pesher de Habacuc 8, 1 ss, que aquella se obtiene por entrar en la secta, creer en el MJ y hacer las obras propias del colectivo:

> «Su interpretación se refiere a todos los que cumplen la Ley en la casa de Judá, a quienes Dios librará del castigo a causa de sus obras y de su fe en el Maestro de Justicia».

Sin guardar la Ley no era posible la salvación y en este punto es donde se puede percibir, por ejemplo, una diferencia fundamental entre el pensamiento de Pablo de Tarso y el de la secta de Qumrán. Para el apóstol cristiano —y en ello seguía el pensamiento de Jesús y de los apóstoles judeo-cristianos— la salvación sí que era sólo por la gracia, a través de la fe y no por las obras de la Ley. Como él mismo señaló en su carta a los Gálatas:

«El hombre no es justificado por las obras de la Ley, sino por la fe en Jesús el Mesías, nosotros también hemos creído en Jesús el Mesías, para ser justificados por la fe en el Mesías y no por las obras de la Ley, ya que por las obras de la Ley nadie será justificado.
(2, 16)

«De forma que la Ley ha sido nuestro pedagogo, para llevarnos hasta el Mesías, para que fuésemos justificados por la fe. Venida la fe, ya no estamos bajo el pedagogo, pues todos sois hijos de Dios por la fe en Jesús el Mesías»
(2, 25-26)

Por el contrario, para los seguidores del Maestro de Justicia, el cumplimiento estricto y rígido de la Ley era condición indispensable a la hora de obtener la salvación.

2. *Lo que no pretendió ser el Maestro de Justicia*

De los aspectos citados en las páginas anteriores se desprende que las pretensiones del MJ eran de considerable altura y, precisamente por ello, facilitan la comprensión de cómo pudo formarse un grupo de discípulos tan estrechamente ligados a él. Erraríamos, sin embargo, si pensáramos que el MJ se vio a si mismo como el final de la Historia o la consumación del destino de Israel. Ciertamente, de los documentos del mar Muerto parece desprenderse que el MJ esperaba vivir en ese punto del tiempo y que contaba con asistir a la derrota de sus enemigos. Pero las noticias que tenemos no lo relacionan con esa victoria, ni tampoco le conceden en la misma un papel importante.

También es muy significativo que el MJ nunca se atribuyera la identidad del mesías. Hoy en día, la investigación sobre Qumrán tiende a considerar que la secta no tuvo una mesianología uniforme. Sabemos que en un momento determinado sus miembros esperaron la venida de dos mesías pero también es posible que el MJ sólo creyera en uno. Sea como fuere —y esto resulta menos importante para el objeto de nuestra discusión de lo que puede parecer a primera vista— el MJ no se identificó con ninguna figura mesiánica. A diferencia de Jesús o Bar Kojba no pensó que era el mesías, y tampoco lo creyeron sus seguidores.

Finalmente, y aunque sus seguidores lo consideraron un justo perseguido, la muerte del MJ no fue contemplada con un significado expiatorio. La tesis de que el Siervo de YHVH moriría expiatoriamente por los pecadores aparece ya en el capítulo 53 de Isaías y tuvo un peso muy considerable en la autoconciencia de Jesús y en la fe de los primeros cristianos. Sin embargo, se halla ausente de la visión que acerca del MJ tuvieron él mismo y sus seguidores.

Ausente de la misma manera está cualquier referencia a una posible preexistencia del MJ, como la que las fuentes señalan en relación con Jesús. Ciertamente, tal hecho no se puede atribuir a un desconocimiento por parte de los esenios de este tipo de figuras propias de la tradición judía. En los documentos del mar Muerto hay, por ejemplo, referencias al Melquisedec pre-existente, pero, a diferencia de lo que sucedió en el cristianismo, nunca se identificó a aquellas con la figura del fundador.

Este conjunto de aspectos —que aquí hemos debido tratar de manera muy somera— nos permiten acceder a un retrato del MJ sustentado en las fuentes históricas de que disponemos. Sus pretensiones fueron de no pequeña envergadura. Lo suficiente como para trazar toda una teología de la salvación y de los tratos de Dios con el ser humano; lo suficiente como para abandonar el culto jerosimilitano y vertebrar otro en el seno de una comunidad de tinte sacerdotal y laico afincada en Qumran; lo suficiente como para pretender contar con una revelación específica en lo que a interpretación de las Escrituras se refería. Sin embargo, ni el MJ ni sus seguidores asociaron al fundador de la secta de Qumrán con un ministerio mesiánico, con una función expiatoria ni con la preexistencia. La diferencia del MJ en relación con otros personajes posteriores, especialmente Jesús, resulta evidente en estas áreas concretas.

A MODO DE CONCLUSIÓN

Aquí termina nuestra brevísima incursión por el mundo de los manuscritos del mar Muerto. De manera sucinta hemos intentado explicar por qué estos documentos tienen una importancia especial y distintiva, describir las peripecias de su hallazgo y publicación, identificar al colectivo en el que fueron concebidos y recalar en la personalidad sin duda sugestiva de la figura máxima de aquel, el enigmático Maestro de Justicia. Poco sobrevivirían sus discípulos a su muerte. Al llegar Herodes el Grande al poder, optaron por volver a reintegrarse a la sociedad judía y abandonaron su retiro de Qumrán. Había varias razones para ello. Para empezar, el monarca era un enemigo declarado de la dinastía hasmonea con la que el Maestro de Justicia se había enfrentado, pero, además, el nuevo rey sentía cierta estima por los esenios. Quizá podríamos incluso conjeturar que los esenios pensaron en una muy cercana llegada del Mesías. La profecía de Jacob en el Génesis hacía referencia explícita a que el Mesías vendría cuando el cetro de Israel (el trono o la corona, diríamos nosotros) ya no estuviera en manos de un judío, y, efectivamente, Herodes no era judío sino idumeo.

Pero Herodes defraudó a los esenios y cuando fue sucedido por su hijo Arquelao, aquellos decidieron regresar a Qumrán. Allí permanecerían hasta el año 68 d. de C. en que las fuerzas romanas ocupadas en sofocar la gran revuelta judía iniciada dos años antes arrasaron el monasterio qumraní. A sus moradores les había dado tiempo previamente para ocultar los manuscritos que, finalmente, han llegado hasta nosotros. En el año 70 d. de C., el romano Tito tomó Jerusalén y arrasó el Templo. Los esenios de Qumrán habían dejado de existir ya, aunque es posible que alguno de ellos aún siguiera combatiendo contra Roma en la fortaleza de Masada, cuya guarnición prefirió suicidarse en masa antes que verse convertida en esclava del pagano vencedor. Durante la Edad Media da la sensación de que lejanos ecos de Qumrán suenan en la controversia originada en el seno del judaísmo por la secta de los karaítas. En cualquier caso, el episodio es de breve duración y aquella desaparece prácticamente como surgió. No podía ser de otra manera porque el judaísmo había cambiado de faz siglos antes.

La destrucción del Templo de Jerusalén en el año 70 d. de C., a la que ya nos hemos referido, había marcado, de hecho, un punto de inflexión en la historia del judaísmo. Apenas tuvo lugar este acontecimiento se produjo en el seno de aquel un movimiento encaminado a interpretar los hechos desde una perspectiva espiritual peculiar. Para un sector de los fariseos, había sonado la hora de controlar de manera total y absoluta la vida espiritual del pueblo. Para los judíos que creían en Jesús como Mesías (los judeo-cristianos) el hecho se vivió como una prueba de que las profecías sobre la destrucción del Templo pronunciadas por aquel se habían cumplido y que, por lo tanto, el viejo sistema había caducado espiritualmente. Los saduceos trataron infructuosamente de recuperar la influencia religiosa que se había evaporado junto con el Templo, y su fracaso en conseguirlo selló su destino. En cuanto a los esenios, como hemos indicado, ya no volverían a tener un peso relevante en la vida del pueblo judío.

En un espacio de tiempo relativamente breve —no debió extenderse seguramente mucho más de una década— un ala de los fariseos se alzaría con el dominio espiritual sobre el pueblo de Israel. Los saduceos fueron excluidos de la vida espiritual de la nación hasta que desaparecieron antes de finalizar el siglo I d. de C. Sobre los judeocristianos se decretó una maldición especial (la birkat haminim) que debía ser pronunciada tres veces al día en la oración de las Shemoné Shré. En adelante o se maldecían a si mismos —y seguían siendo judíos pero apóstatas del Mesías Jesús— o abandonaban las sinagogas —y seguían siendo cristianos pero apostatando de su pueblo. Ni siquiera el ala shammaita de los fariseos pudo contar con un lugar bajo el sol en el judaísmo posterior a la destrucción del Templo. Para finales del s. I d. de C., éste era un edificio relacionado con el judaísmo del Segundo Templo, pero ya diferente del mismo.

Los rollos del mar Muerto confirman precisamente este análisis histórico. Nos permiten ver que la concepción de un judaísmo uniforme desde Moisés hasta el Talmud, discurriendo de sabio en sabio, que consagró el sector hillelita de los fariseos, es radicalmente ahistórica y espiritualmente interesada, aunque quedara establecida como prácticamente una verdad de fe que, posteriormente, se encarnaría en los dos talmudim.

El judaísmo del Segundo Templo constituyó un mosaico de visiones teológicas que iban desde los saduceos a los judeo-cristianos pasando por esenios y fariseos, así como por una mayoría de la población no adscrita específicamente a ninguno de estos colectivos. Los rollos del mar Muerto dan testimonio de cómo cada una de estas porciones del judaísmo del Segundo Templo podían tener una teología específica muy desarrollada, una visión muy concreta del Mesías (o de los mesías) y una vivencia muy determinada y diferenciada. El judaísmo —supuestamente monolítico— que aparece en el Talmud no fue, pues, el único judaísmo legítimo del período, sino el vencedor.

En cuanto al cristianismo original era, fundamentalmente, un movimiento judío que se expresaba siguiendo categorías que, en contra de lo propugnado, por ejemplo por los miembros de la Escuela de Tubinga, eran medularmente judías. Estas categorías —que cuentan con paralelos en Qumrán— incluían las referentes a la generación divina del Mesías, a la obra expiatoria de éste, a la identificación del mismo con el Siervo de YHVH de Isaías 53 o a su muerte antes del triunfo. De hecho, un estudio de las fuentes rabínicas nos permite ver que tales puntos de vista —y otros como el de la desaparición del Mesías y su segunda venida— fueron mucho más comunes en el judaísmo del Segundo Templo anterior al cristianismo de lo que jamás habríamos podido imaginar. Su desaparición —casi total— en el judaísmo posterior a Jamnia derivó de un deseo de no proporcionar armas teológicas a los judíos que confesaban a Jesús como su Mesías. En realidad, éstos eran tan judíos en sus concepciones como los fariseos, los esenios o los sectarios de Qumrán. La diferencia radical estribaba en que ellos no esperaban al Mesías. Por el contrario, aseguraban que el mismo había llegado y se llamaba Jesús. El cristianismo no era una fractura ni una innovación, sino que pretendía constituirse en continuación de lo ya formulado, continuación porque afirmaba que en Jesús se había cumplido la esperanza mesiánica.

Regresamos, pues, a nuestro punto de partida. Después de los hallazgos de Qumrán, ni la historia del judaísmo ni la del cristianismo pueden ya seguir escribiéndose igual porque, contra lo que puedan pretender muchos de sus fieles, ambos movimientos espirituales, lejos de ser dos entes separados, son en realidad fruto de una raíz común, el judaísmo del Segundo Templo. Como ha señalado lúcidamente el escritor judío H. G. Perelmutther, los dos colectivos son «parientes». La desgraciada historia de las relaciones entre ambos no altera lo más mínimo esa situación, aunque sí contribuya a teñirla aún más con los colores de la tragedia.

VI

Antología de los manuscritos del mar Muerto

I. *El origen de la secta*

«...a los trescientos noven[ta añ]os [de haberlos entregado en manos de Nabucodonosor, rey de Babilonia], los visitó e hi[zo que creciera de Isra]el y de Aar[ón] un reto(ño del plantío para poseer su tierra y para engordar con los bi]enes de su suelo».

(4Q 266 13-15a)

«Escuchad ahora, por lo tanto, todos los que conocéis la justicia, y entended las obras de Dios, porque El está en pleito con toda carne y descargará el juicio sobre todos los que se burlan de El. Porque cuando fueron infieles abandonándolo, El escondió su faz de Israel y de su Templo, y los entregó a la espada. Pero, cuando se acordó del pacto de los antepasados, guardó a un remanente de Israel y no permitió que fueran aniquilados. Y en el tiempo de la cólera, a los trescientos noventa años de haberlos entregado en manos de Nabucodonosor, rey de Babilonia, los visitó e hizo que creciera un retoño del plantío de Israel y de Aarón para que poseyera la Tierra y engordara con los productos del suelo. Y ellos comprendieron cuál era su maldad y se dieron cuenta de que eran culpables. Pero durante veinte años fueron como ciegos y como los que buscan un camino a tientas. Y Dios tuvo en consideración sus obras porque lo buscaban con un corazón completo, y les levantó un Maestro de Justicia para que los guiara en la senda de su corazón [en blanco] Y para dar a conocer a las generaciones finales lo que él había hecho a la última generación, la asamblea de los traidores.»

(CD 1, 1-12)

II. *El Maestro de Justicia y sus adversarios*

«¿Cuáles son los lugares altos de Judá? ¿No es Jerusalén? Convertiré Samaria [en una ruina campestre, en un viñedo]. La interpretación de esto se refiere al Diseminador de Mentiras [ya que él ha extraviado a los] sencillos. ¿Cuáles son los lugares altos de Judá? [¿No es Jerusalén? La interpretación de esto se re]fiere al Maestro de Justicia, que [enseña la ley a su consejo] y a todos los que se presentar para unirse a los elegidos de [Dios cumpliendo la ley] en el consejo de la comunidad, ellos serán salvados en el día del [juicio].»

(1Q Pesher Miqueas Frag.10 3-7a)

«Lo contases [en blanco]. [La interpretación del pasaje está relacionada con] los traidores con el Hombre de Mentira, porque no [dieron fe a las palabras del] Maestro de Justicia de la boca de Dios; y con los traido[res al pacto] nuevo, porque no creyeron en el pacto de Dios [y contaminaron] su santo nombre.»

(1Q Pesher de Habacuc 2, 1-4)

«Su interpretación está relacionada a todos los que cumplen la Ley en la Casa de Judá, aquellos a los que Dios librará del castigo en virtud de sus obras y de su fe en el Maestro de Justicia.»
(1Q Pesher Habacuc 8, 1-3)

«Pues por YHVH son asegurados [los pasos del hombre], él se complace en su camino. Aunque tropiece no
caerá, porque YHVH [sujeta su mano]. La interpretación de este pasaje se refiere al Sacerdote, el Maestro de [Justicia, al que]
Dios escogió para estar [ante El, porque] lo colocó para edificarle la asamblea [de Sus elegidos]
(y en)derezó su camino en verdad.»
(4Q Pesher Salmos 3, 14-17)

«¡Ay del que embriaga a su prójimo, del que derrama su cólera! ¡Le embriaga ciertamente para mirar sus fiestas! Su interpretación se refiere al Sacerdote Impío, que persiguió al Maestro de Justicia para devorarlo con el ardor de su cólera en su lugar de exilio, en el tiempo de la festividad, en el reposo del día de las Expiaciones. Se presentó ante ellos para devorarlos y provocar su caída en el día del ayuno, el sábado de su reposo.»
(1Q Pesher Habacuc 11, 2-8a)

«Tu me has colocado como estandarte
para los escogidos de la justicia,
como sabio diseminador de los secretos maravillosos [en blanco].
Para probar a [todos los hombres de] la verdad,
para acrisolar a los que aman la enseñanza.

Para los que esparcen errores soy un hombre contencioso,
[pero un hombre de paz] para todos los verdaderos profetas.
Me he convertido en un espíritu celoso
contra todos los intérpretes de cosas hala(güeñas).
[Todos los] hombres soberbios murmuran contra mi
como el tremendo clamor de las aguas estruendosas.
Todos sus proyectos son pensamientos demoníacos.»
(1Q Hodayot 10, 13-16)

III. *La entrada en la secta*

«Todo el que entra en el consejo de la comunidad entrará en el pacto de Dios en presencia de todos los que se presentan voluntarios. Se comprometerá mediante un juramento a volver a la ley de Moisés, con todo aquello que ordena, con todo el corazón y con toda el alma, de acuerdo con todo lo que ha sido revelado en relación con la misma a los hijos de Sadoc, los sacerdotes que guardan el pacto e interpretan su sentido, y al conjunto de los hombres del pacto que juntos se presentan voluntarios a su verdad y a caminar según su voluntad. Que por el pacto tome el compromiso de apartarse de todos los hombres malvados que camina por sendas de iniquidad. Porque éstos no son contados en el pacto, ya que no han buscado ni han escudriñado sus mandatos para conocer las cosas ocultas en que pecaron por su culpa, y porque con soberbia hicieron las cosas reveladas.»
(1QS 5, 7-11)

«Todos aquellos que entren en la Regla de la Comunidad establecerán ante Dios un pacto en virtud del cual han de cumplir,

todo lo que ordena y no han de desviarse de su seguimiento por ningun miedo, terror o pena,

que tenga lugar durante el dominio de Belial. Cuando entren en el pacto, los sacerdotes

y los levitas bendecirán al Dios salvador y a todas sus obras fieles, y todos los que entren en el pacto dirán "Amén, Amén" [en blanco]

[en blanco]. Los sacerdotes narrarán las justas acciones de Dios en sus obras poderosas,

y proclamarán todas sus misericordiosas bondades para con Israel. Y los levitas narrarán

las perversidades de los hijos de Israel, todas sus iniquidades culpables, y sus pecados durante el dominio de

Belial. [Y todos] aquellos que entran en el pacto proclamarán después de ellos:

"Hemos obrado malvadamente,
[hemos desobedecido,
hemos pe]cado, hemos actuado impíamente,
nosotros y antes de nosotros nuestros padres,
puesto que anduvimos
[en contra de los mandatos] de verdad y de justicia
[...] su juicio contra nosotros y contra nuestros padres,
pero El ha derramado sobre nosotros su misericordiosa gracia
para siempre jamás".

Y los sacerdotes bendecirán a todos

los hombres de la porción de Dios que caminan con justicia en todas sus sendas y dirán:

"Que os bendiga con todo bien
y de todo mal os guarde.
Que alumbre vuestro corazón con la inteligencia de la vida
y os conceda eterna sabiduría.
Que alce sobre vosotros su faz llena de gracia
para paz eterna.»

Y los levitas maldecirán a todos los hombres de la porción de Belial. Tomando la palabra, dirán:

"Maldito seas por tus obras culpables e inicuas.
Que [Dios] te suma en el terror,
en manos de los que ejecutan las venganzas.
Que haga recaer sobre ti la destrucción
por medio de los ejecutores de las penas.
Maldito seas, sin piedad,
por la oscuridad de tus actos,
y sé condenado
a la oscuridad del fuego eterno.
Que Dios no se compadezca de ti cuando lo invoques,
ni te perdone cuando hagas expiación por tus culpas.
Que El levante su colérica faz para vengarse de ti,
y no tengas paz
en la boca de los que interceden".

Y todos los que entran en el pacto dirán a continuación de los que bendicen y de los que maldicen: "Amén, Amén".»

(1QS 1, 16-2, 10)

«Y a todo el que se ofrece voluntario de en medio de Israel para unirse al consejo de la comunidad lo examinará el Instructor que está al frente de los Muchos en cuanto a su conocimiento y obras... Y después cuando entre para estar entre los Muchos, se pedirá opinión a todos sobre sus asuntos. Y según resulte en el consejo de los Muchos será incorporado o rechazado. Si es incorporado... que no toque el alimento puro de los Muchos mientras es examinado acerca de su espíritu y sus obras durante un año entero; y que tampoco tenga parte en los bienes de los Muchos. Cuando haya concluido el año dentro de la comunidad, serán preguntados los Muchos sobre sus asuntos, acerca de su conocimiento y de sus obras relacionadas con la ley. Y si es incorporado... también sus bienes y sus posesiones serán incorporados por mano del Inspector a las posesiones de los Muchos. Y se inscribirán por su mano en el registro, pero no se emplearán en beneficio de los Muchos. Hasta que complete su segundo año entre los hombres de la comunidad no probara la bebida de los Muchos. Y cuando este segundo año haya sido completado, será inspeccionado por la autoridad de los Muchos. Y si es incorporado a la comunidad, lo inscribirán en la Regla de su rango en medio de sus hermanos para la ley, para el juicio, para la pureza y para la puesta en común de sus bienes.»

(1QS 6, 13b-23)

IV. *La vida en la secta*

«Y en el día del sábado que nadie pronuncie una palabra vana o necia. Que no preste nada a su prójimo. Que no se discuta sobre la riqueza y la ganancia.

Que no se hable de cuestiones de trabajo ni de la labor que hay que ejecutar al día siguiente.

[En blanco] Que nadie vaya al campo para trabajar según su deseo

[en] el sábado. Que nadie se aleje de la ciudad más de mil codos.

[en blanco]. Que nadie coma en el día del sábado salvo lo que ya está preparado; y de lo perdido

en el campo que no coma. Y que no beba salvo lo que hay en el campamento.

De camino, si baja a bañarse, que beba donde está. [en blanco]. Pero que no saque con

un vaso. Que no utilice a ningun gentil para hacer lo que él quisiera hacer en el día del sábado.

[en blanco]. Que nadie se vista con ropas sucias o que estén en el arcón, a menos que

hayan sido lavadas con agua o frotadas con incienso [en blanco]....

Que nadie saque nada de la casa
o entre nada a la casa. Que no abra un vaso sellado en sábado [en blanco]...

Que nadie ayude a parir a su animal en el día del sábado. [en blanco]. Y si cae en un pozo o una fosa, que no lo saque en sábado....

[En blanco] Y a todo hombre vivo que cae a un lugar con agua o a un lugar con [...],
que nadie lo saque con una escalera o una cuerda o un instrumento...»

(CD 10, 17-11, 17)

«[En blanco] Estos son los mandatos en los que caminarán unidos los hombres de santidad perfecta.

Todo el que entra en el consejo santo de los que caminan por la senda perfecta tal y como se ordenó, cualquiera que

quebrante una palabra de la ley de Moisés, por orgullo o descuido, será expulsado del consejo comunitario y no podrá regresar, que ninguno de los hombres santos se mezcle con sus bienes o con su consejo en ninguna cuestión. Pero si actuó sin dolo, que se le separe del alimento puro y del consejo, y que se le aplique la norma siguiente: "Que no juzgue a nadie y que no se le consulte durante dos años completos". Si su andar es recto en la reunión, en la interpretación y en el consejo [según la autoridad de los Mu]chos, [y] si no ha vuelto a pecar sin dolo hasta que concluyan los dos años completos [en blanco].

Porque por [...] un pecado sin dolo será castigado dos años, pero el que actua con soberbia no podrá regresar. Sólo el que peca sin dolo será sometido a prueba durante dos años completos en lo que se refiere a la perfección de su conducta y de su consejo según la autoridad de los Muchos, y después será inscrito según su rango en la comunidad santa.»

(1QS 8, 20-9, 2)

V. *Condición humana y acción divina*

«Yo soy polvo y ceniza,
¿Qué puedo planear, si Tú no lo quieres?
¿Qué puedo idear sin Tu permiso?
¿Cómo puedo ser fuerte si Tú no me sostienes?
¿Cómo puedo ser instruido, si Tú no me moldeas?
¿Qué puedo hablar si Tú no abres mi boca?
y ¿cómo contestar si Tú no me enseñas?»...
Sin Tu voluntad nada se hace
y nada se conoce sin que Tú lo desees.»
(1QH 18, 5-9)

«Y todo el que se niegue a entrar [en el pacto de

Di]os para así seguir caminando en la dureza de su corazón, no [entrará en la co]munidad de su verdad, porque
su alma odia las disciplinas del conocimiento del justo juicio. No ha perseverado en la conversión de su vida, y no será contado entre los justos.
Su conocimiento, su fuerza y su riqueza no entrarán en el consejo de la comunidad, porque actua en el fango de la perversidad y hay mácula
en su conversión. No será justificado mientras siga la dureza de su corazón, porque mira las tinieblas como si fueran caminos de luz. En el mamantial de los perfectos
no será contado. No será limpiado por las expiaciones, ni quedará purificado por las aguas lustrales, ni se santificará por los mares
o ríos, ni será purificado por toda el agua de las abluciones. Impuro, impuro será todos los días que rechace los mandatos
de Dios, sin dejarse enseñar por la comunidad de su consejo. Porque en virtud del espíritu del verdadero consejo en los caminos del hombre son expiadas
todas sus iniquidades para que pueda ver la luz de la vida. Y mediante el Espíritu Santo que lo liga a su verdad es purificado de todas
sus iniquidades. Y por el Espíritu de rectitud y de humildad es expiado su pecado. Y por la sumisión de su alma a todas las leyes de Dios
es purificada su carne al ser bañada por las aguas lustrales y ser santificada con las aguas de arrepentimiento.»
(1QS 2, 25-3, 9)

«... todo espíritu es formado por Tu mano,
[y toda su labor] Tú la has determinado
antes incluso de crearlo.

¿Cómo podrá nadie evitar Tus designios?

Tú, sólo Tú, has creado al justo.

Desde que estaba en el vientre estableciste para él el tiempo de la gracia,

para que observe Tu pacto y marche por todos Tus caminos,

para [derramar] sobre él la abundancia de Tus misericordias,

para abrir la angostura de su alma a la salvación eterna.»

(1QH 7, 20)

«A los impíos los has creado para el tiempo de la ira, desde que estaban en el vientre de su madre los has predestinado para el día de la ruina.»

(1QH 7, 21)

VI. *El Mesianismo de Qumrán*

«[...como dijo] Isaías el profeta: serán cortados [los más robustos del] [bosque con el hierro y el Líbano, con su esplendor] caerá. Brotará un renuevo del tocón de Jesé [...] [...] el retoño de David se enfrentará con [...] [...] y lo matará el Príncipe de la Congregación, el reto[ño de David...] [...] y con heridas. Y un sacerdote ordenará [...] [...] la aniquilación de los Kittim [...].»

(4Q 285, 5, 1-6)

«No se apartarán de ningun mandato de la ley para caminar

con toda la dureza de su corazón, sino que serán regidos por los mandatos primeros con los que empezaron a ser instruidos los hombres de la comunidad,

hasta que venga el profeta y los mesías de Aarón e Israel.»

(1QS 9, 9-11)

«Y así, todos los hombres que entraron en el pacto

nuevo en la tierra de Damasco y se volvieron y traicionaron y se apartaron del pozo de aguas vivas,

no serán contados en la asamblea del pueblo y no serán inscritos en sus [lis]tas desde el día de la reunión [del que enseña del maestro]

del Maestro único hasta que aparezca el mesías de Aarón y de Israel.»

(CD-B 19, 33-20, 1)

«Será llamado hijo de Dios y lo llamarán hijo del Altísimo. Como se ve al rayo, así será el reino de ellos. Reinarán sobre la tierra durante algunos años y todo lo hollarán. Un pueblo hollará a otro pueblo y una ciudad a otra ciudad [en blanco] Hasta que se alce el pueblo de Dios y todo repose de la espada. Su reino será un reino eterno, y todos sus caminos discurrirán en verdad y justi[cia]. La tierra [andará] en la verdad y todos concertarán la paz. La espada dejará de moverse en la tierra, y todas las ciudades lo adorarán. Él es un Dios grande entre los dioses. Hará la guerra contra él. Pondrá en su mano los pueblos y los derribará ante él. Su dominio será un dominio eterno...»

(4Q Hijo de Dios o 4Q 246 2, 1-9)

«[porque los cie]los y la tierra escucharán a su mesías [y nada de] lo que en ellos hay se apartará de los santos mandamientos. Esforzaos, los que buscais al Señor en su servicio [en blanco]. ¿Es que acaso no vais a encontrar así al Señor, los que esperaís en su corazón? Porque el Señor vigilará a los justos y llamará a los justos por su nombre, y hará descender su Espíritu sobre los humildes, y dará nuevas fuerzas a los fieles mediante su poder. Porque honrará a los justos en el trono del dominio eterno, liberando a los cautivos, otorgando la vista a los ciegos, rectificando a los desvíados. Siempre estaré al lado de los que esperan. Juzgará con su misericordia y nadie recibirá con retraso la recompensa de su buena (obra), y el Señor realizará actos gloriosos como no se produjeron nunca, tal y como El di[jo], porque curará a los maltrechos, y resucitará a los muertos, anunciará buenas noticias a los sencillos, enriquecerá [a los pobr]es, guiará a los expulsados, y satisfará a los hambrientos [...] y todos [...].»

(4Q 521 o 4Q Sobre la Resurrección Frag. 2, 2, 1-14)

VII. *La confrontación final*

«[...Y enviará un ángel] poderoso y te arro[jará de] toda la tierra.

[...] cielos [...]

Golpeará YHVH con gol[pe fuerte que te destruirá para siempre]

y en el ardor de su ira [mandará] contra ti un ángel poderoso [para llevar a cabo]

[todos sus manda]tos [uno] que [no se apiadará] de ti, que [...]

[...] sobre todos estos, que te [lanzará] al gran abismo [al Sheol] más profundo. Habitarás le[jos de la morada de luz], porque es oscuro en grado sumo el gran [abismo. No gobernarás] más sobre la tierra

[sino que permanecerás encerrado] para siempre. [Maldito serás] con las maldiciones del Abadón,

[y castigado por] el ardor de la cólera de YHVH. Tu gobernarás sobre las tinieblas durante todos
[las eras de] las humillaciones [...]

tu regalo
[...].»

(11Q Salmos Apócrifos 3, 1-12)

«El primer ataque de los hijos de la luz será lanzado contra la porción de los hijos de las tinieblas, contra el ejército de Belial, contra la tropa de Edom y de Moab y de los hijos de Amón

y la tro[pa de... y de] Filistea, y contra las huestes de los Kittim de Asur y [los que los ayudan de entre los inicuos] del pacto. Los hijos de Leví, los hijos de Judá y los hijos de Benjamín, los exiliados del desierto, combatirán contra ellos

[...] contra todas sus huestes, cuando los hijos de la luz exiliados en el desierto de los pueblos regresen para acampar en el desierto de Jerusalén. Y después de la guerra subirán de allí

[...] de los Kittim en Egipto. Y a su tiempo, saldrá con gran cólera para combatir contra los reyes del Norte, y su ira aniquilará y cortará el cuerno de

[...se]guirá un tiempo de salvación para el pueblo de Dios y un periodo de dominio para todos los hombres de su porción, y de aniquilación eterna para toda la porción de Belial. Habrá terror

g[rande entre] los hijos de Jafet, y caerá Asur, y no habrá auxilio para él; el dominio de los Kittim concluirá, siendo derrotada la iniquidad sin que quede ni rastro, y no habrá escapatoria

Y [los hijos de la jus]ticia resplandecerán en todos los rincones de la tierra...»

(1Q Regla de la Guerra 1, 1-8)

«Pues habrá un tiempo de tribulación para Israel [y un decreto] de guerra contra todos los pueblos. Para la porción de Dios habrá redención eterna,

y ruina para todos los pueblos inicuos. Todos los que [están preparados] para la guerra irán y acamparán frente al monarca de los Kittim y frente a todo el ejército

de Belial, reunido con él para el día [de exterminio] por la espada de Dios [en blanco].

El Sumo Sacerdote se colocará en su puesto, y sus hermanos los sacerdotes y los levitas y todos los hombres de la regla estarán con él. Y pronunciará a sus oídos

la oración para el tiempo de la guerra [tal y como está escrito en el Lib]ro de la Regla de ese tiempo, con todas las palabras de acción de gracias. Y allí ordenará

todas las líneas, como está es[crito en el Libro de la Guerra]. Y se adelantará el sacerdote designado para el tiempo de la venganza según la decisión

de todos sus hermanos y confortará [el corazón de los guerreros].»

(1Q Regla de la Guerra 15, 1-7)

«Entonces se precipitará la espada de Dios
en la era del juicio,
y todos los hijos de su verdad despertarán
para aniquilar la impiedad
y todos los hijos de la culpa dejarán de existir para siempre.

El guerrero tensará su arco
por una anchura inmensa.
[Abrirá] las puertas eternas
para sacar las armas de guerra,
y dominarán del uno al otro confín.
No habrá salvación para la inclinación culpable,
será hollada hasta el aniquilamiento
sin que quede nada.»
(1Q Hodayot 14, 29-32)

Índice

Monografía escrita especialmente para Alianza Cien por César Vidal Manzanares, autor del libro *Los documentos del mar Muerto,* publicado como obra singular en Alianza Editorial

Obras del autor en Alianza Editorial:

La sabiduría del Antiguo Egipto (LB 1705)
Diccionario de las tres religiones monoteístas (LB 1618)
Diccionario histórico del Antiguo Egipto (LB 1635)